風的眼神

湯智秀 著

给

我的母親 惠珺 女士

推薦序

詩的性靈與美感——讀湯智秀的詩

林盛彬

作為藝術家，智秀的繪畫從寫實走向抽象；作為詩人，她的文字則從心情走入心靈。如同她自己所言，「我……終其一生所期冀追尋的自在境界，就像是秋天的時光裡，風吹過的感覺。」那種秋風吹過的感覺，只有藝術的敏銳心靈能夠承載。她在詩與畫中追求的，是潛藏在物象深處那種生命流動，與自己內在的情思相融時，在瞬間迸出的非象之象，滯於物質表象的體悟。

智秀的詩，從與外在世界的眼目相遇，返而追求內在的靈性之光。他的詩如他的畫，不是對日常生活所遇的大小事物、自然景致的描繪，而是用她的心靈對生命機遇的回應。尤其是在旅行中把跟城市、鄉間，以及大自然風景的靈性對話，互相激盪之後的線條、色彩或文字的呈現。在這部《風的眼神》詩集，那些婉約又深摯的抒情，都是她對美好世界的期盼，與對失落心情的寄託。而在畫家的本性中，不免將形象與色彩不經意地流之於文字。在其中，有幾首詩或多或少與繪畫有所關聯，在此且舉三首詩為例，或許我們可以從中略窺智秀心靈世界的輪廓。

一、〈炭色〉

在妳的臉頰
添上一筆炭色
讓動人的表情
構一幅醉人的神采

妳的嘴角帶動
一個美的弧度
如梔子的皓潔
百合的遠香

如垂掛半空的深月
靜靜地
守候夜的絕色
我伸手捕捉那彎明亮
用一支筆
側寫美的弧度

二〇〇二．十一

這首詩可以是在描述一幅炭筆人像畫，也許就是自畫像。從整體來看，這炭色應該沒有顏色的情感象徵作用，即黯淡感傷；因為添那一筆炭色是為了表現出畫像的醉人神采。第二段用梔子花的潔白與百合的馨香比喻一個美好弧度的嘴角，這也是補述前段的動人表情。末段將那種神采昇華為靜候夜之絕色的半空深月。最後則是詩人提筆側寫那彎明亮唇角的美麗弧度。雖然作者描繪一個藝術家用炭筆勾勒畫中女子的過程，而且聚焦於如彎月微笑的美麗唇角，但詩人捕捉的不是表面的形似，而是內在那種皓潔、遠香、絕色的韻味。

二、〈路〉

路
在凝視你時
掉了邊

我來回張望
看不見原來的風景
是你覆蓋了隱形的框
還是捲起拾在行囊裡

我模糊地
照記憶的邊影
粉上你慣用的色
和我的綠
隱形的風景
擾了原路時你走來自由

我尋的痕跡

二〇〇三．〇九

這是一首特別的詩，路可以是一幅畫，也可以是一條具體或象徵的路。前段記述作者在凝視對象時，「掉了邊」。邊，在這裡可以指畫框，也可以指失去「足」邊只剩「各」的路。但不管事實如何，兩者都意指了失去或分離；畫中的風景也分崩離析。後段是詩人憑記憶的修圖，作者不用「畫而用「粉，可以指粉彩，也可以指粉色。儘管如此，對方慣用的顏色是什麼顏色，並不清楚，但詩人卻深知自己的綠，帶有生命力的綠色自然；後三行是一種無聲的喟嘆，失去的風景，打亂了原初自由自在的夢。

三、〈夜夜星〉

思緒神采飛揚
瘋狂於指間
我的心跳躍上你的眉梢
結伴靈感之翼
忘情地舞動生命的脈搏

勿怪我多情的狂熱
在你的臉頰留溫
你的手

正觸摸著靈魂的
深度與孤獨

遠距離的
是你緊緊扣住
讓我留一片天色
塗上灰灰的藍
補上點閃亮的夜爍
畫一幅
永恆的夜星

二〇〇四．〇五

這首詩的第一段可以是記述創作者與靈感相遇時的愉悅之情；第二段承前面的忘情舞動，那種被觸摸到靈魂的深度與孤獨的感受，真的是已達狂喜（éxtasis）的狀態。末段則在靈感之中拿起畫筆，以灰藍色調為自己留下一幅永恆的星星之夜，那些星星都是閃亮的夜爍，都是灰藍夜色中的喜悅和希望。

從以上的炭色、綠色和灰藍三例，雖然不能說那就是智秀常用的顏色，但是可以確定，她追求的不是顏色的光影秘密，而是顏色後面那些在心靈深處發酵、沉澱之後，屬於她個人所擁有的特殊亮光與美感。

自序

這麼多年以來，總期盼著這些詩詞能付梓成冊。雖幾經波折，至此終能如願地在秋季出版。從封面至封底每頁的個性與情懷，都依照自己的感覺找方向。

十多年來遊走各地時，因與文化，景物，人群等衝擊下，和文字擦出永續的火花，並試圖將每一個階段的瞬間，隨筆寫作永恆。

自然萬物是我字裡的主軸，行間群花隨風搖曳的姿態，再再地顯現出生命本質的性靈與美。

人物，在此場景中皆已退到舞台的背後。

書中詩與意境相仿的攝影作品一起隨與呈現，或有些空間的蓄白，是特別留給想像力一個位子。希望從讀詩的過程，豐富自我的創造力。整體而言還是為求境地上有和諧之美。

在，我這個畫家的屋裡，這些都是心靈上特有的珍貴。而終其一生所期冀追尋的自在境界，怎麼說呢，就像是秋天的時光裡，風吹過的感覺。

那是自在的愛，

是美好。

智秀　寫於台北

二〇〇七·〇六

目次 Content

呼吸

影子的腳越伸越長
你便越站越遠
以手可觸摸的距離
計算

誰說影子沒眼睛
捉不著你的神情
它只稍藏在
深情的背後
悄悄地留戀
中央車站的足跡

鬱金香朵朵生動
是你的字眼
牽動它的心
便肆無忌憚地
紅花黃花兒長的一片好風景

那夜無窗的空氣
我已將它偷偷打包
拾在一個飽溫的地帶
免的火車一過
你牽動的心
也沒了呼吸

一九九二・〇八

匆匆

匆匆赴予生命的邀约
手捧一掬紫色羅蘭
期待
亙古的清香
含苞的芬芳

匆匆我來時
和你相遇
那一世的
擦身而過
此回
你沒認出我異樣的神情
帶有
相同的靈魂與愛

或許
手上餘留的花香
使你憶起
我慣常的味覺
飄散在人間

等你给我一次
一回
生命的邀约

二〇〇二·〇八

蝶衣

初曉的眼
幻想夾著夜歸之影
不讓翩翩飛舞
那曙光的羽翼

天邊染上橙橘
與傍晚的臉色相似
在你的額頭
加上一筆藍天
任垂掛的淚
浸濕
那迷惑的雙眼

好像
剛從遠方飛過
一雙紫色翅膀
原本是夢裡所見
帶羽翼的蝶衣

二〇〇二・十

風的眼神

風的眼神
尾隨思想的影
輕忽
迷樣的
如大海的眼睛

風的耳朵
執起靈魂之手
傾聽
河流秘密的歌聲

我隨風思想的影
撫摸
你深邃的雙眸
沉醉
寧靜的
如湖泊的嘴唇

風的神色
輕忽
迷樣地
如海的眼睛

請問是否聽見
河流的歌聲
倘佯在
湖泊的唇邊

二〇〇二・〇九

外衣

沙啞的關懷聲
從遠處
傳遞一個精彩的片段

我忘了舞台上
你曾扮演
我的靈魂
穿上透明的彩衣
舞一曲
旋轉的姿態

舞台下
你曾是我筆觸重要的篇幅
少了它
故事便有缺失
不再完整

少了它
戲便無精打采的
套入透明的外衣

二〇〇二・十

藍的深　的遠

藍的深　的遠
與眼裡的笑意
織在一張
空白的棉麻布上
添一個色　留住空虛
代表
昨日故事的背景
思緒拉下布簾
在原地徘徊

散亂的顏料
零落一地的愁思
打個底色
勾些相樣的線條
畫裡畫是
你最精彩的章節

每篇有讀你的詩
每回都記得
弦上藝術的羽翼
飛翔

但我忘了此刻
在今生的最後一頁
塗上
滿滿的藍天
讓來生尋覓我飄忽的蹤影

藍的深的遠
代表昨日
故事的结局

二〇〇二・十一

炭色

在妳的臉頰
添上一筆炭色
讓動人的表情
構一幅醉人的神采

妳的嘴角帶動
一個美的弧度
如梔子的皓潔
白合的遠香

如垂掛半空的深月
靜靜地
守候夜的絕色
我伸手捕捉那彎明亮
用一支筆
側寫美的弧度

二〇〇二．十一

路口

沿著岸邊碎石
拉著疲憊的身軀
慢慢地
感受心跳的律動

北岸旁的倒影
與你生命重疊處
空出來
撒上情的種子
它

開花结果
譜個　滿園百合
清香欲醉

河邊的老樹
張個溫暖的手
细說
我與你今生重逢的路口
眾花结梗
為生的苦澀
避蔭

二〇〇三・〇一

心跳

駐足二月的暖春
尾隨身後
踱步而來的微醺
貪睡在
數個酣甜的擁抱

感覺
已燒在千萬個
心跳的頻率
我初夏的旭陽
真實而熱情
你是我
蔓延在細胞的沉醉

遠離六月酷熱的風
便在微暗的涼爽
張一片
夢的地圖
擴散生命所觸及的
美麗園地

與你
共同灌溉
心
便有千遍沉醉時
跳躍的音符

二〇〇三・〇二

温度

恰如一襲婉約
徘徊在雙眸的深度裡
冷熱緩急地
漾在水中
微笑

輕如一掬
擁在懷裡的芙蓉
與
印在眸子裡的
舞姿

恰如一衫秋意
詩樣的多情
遊戲在林間躲藏

笑如
一簇山裡的風蘭
清逸如春
與
印在眼裡的
風姿綽約

二〇〇三・〇四

雨季

藍裡的白
是畫上的雲朵
千變萬化地
塗滿天邊盡頭之海
如淚雨下
浸濕大地的臉龐
像嬰兒初生的哭泣與嬌柔

朝晚時天剛剛添上灰藍新衣
落在秋暮時分
這會兒的幾分涼意
沁在心頭

遠處高高低低陪在新衣前的
萬家燈火
亮燈處有人們
正互訴著永恆的秘密
不要告訴別人
雨季　即將來臨

二〇〇三・〇五

暗夜的舞姿

遠方的天邊
籠罩一襲灰黑
如暗夜的眼
深沉飄渺
你心靈的家
引我
進駐那藝術的殿堂

擺上動人的儀態
等你將我最美的舞姿
添入白色周邊
享一圈無瑕的擁抱

是那暗夜的眼
誘我進駐你心上的飄渺

遠方的天色
籠罩著一襲黑灰
如　暗夜的眼
深沉
飄渺

二〇〇三・〇七

路

路
在凝視你時
掉了邊

我來回張望
看不見原來的風景
是你覆蓋了隱形的框
還是捲起拾在行囊裡

我模糊地
照記憶的邊影
粉上你慣用的色
和我的緣

隱形的風景
擾了原路時你走來自由
我尋的痕跡

二〇〇三·〇九

年月的屋

一朵一朵的花開
香味與荒唐
自成一氣
盡色的奔放

畫布裡流暢的整片
紅或不知名的灰黃
在調色盤裡堆起
跳躍式的你
時光依然

紙上添入生命的景緻
朵朵的香氣
荒唐的橙綠
筆觸裡
化作同一樣情感
好放進
年月的屋
釀
味道
與瘋狂的字眼

二〇〇三・十

仙子

雲淡風輕處
是妳不經意
烙下的蹤影
清淡持久
如一壺掬過的水仙
不染塵埃

彷彿隔世之槳
重覆在
擺渡過的水面
無波
無痕
如一掬剛拾下的仙子
清香尋味
不帶淤泥之身

二〇〇三・十一

秋愛

微微细弱的燭光
在風中裡搖
來回盪的心神
沒了主意

微微细弱的秋
拉上夏天的尾巴
數著
你即將來臨的歲月

秋　在细弱的燭光裡
襯的格外孤單
穿上戲劇化的外衣
扮演腳本裡
那漂泊的季節

微微细弱的燭光
在風裡搖

秋
你仍是劇本裡
最愛的眼神

二〇〇三・十一

等待

等待
是一大片海洋
無邊
無底
無盡頭
深沉
遙遠地
如 沒底的井石
取不著一滴甘露
解我
忘年的飢渴

等待
是樹上结梗的果實
未熟透的苦澀
酸在心頭
守候
一個夜歸的蹤影

等待
你是我心上不願
留守的字眼

二〇〇四．〇一

雛菊

妳是李家　庭院花叢中
盛放的雛菊
開的嬌羞
细緻

在太陽的照耀下
捷足
綻開初春的姿態
那生氣
蘊滿整院花香朵朵

是那誘人的容顏
如　雙頰的渦
跳上妳明媚的雙眸
笑如彎彎的明月

是那幸福之羽
蛻變後的
一身薄衣

妳是庭院　緣意重重間
盛放的秋菊

二〇〇四・〇二

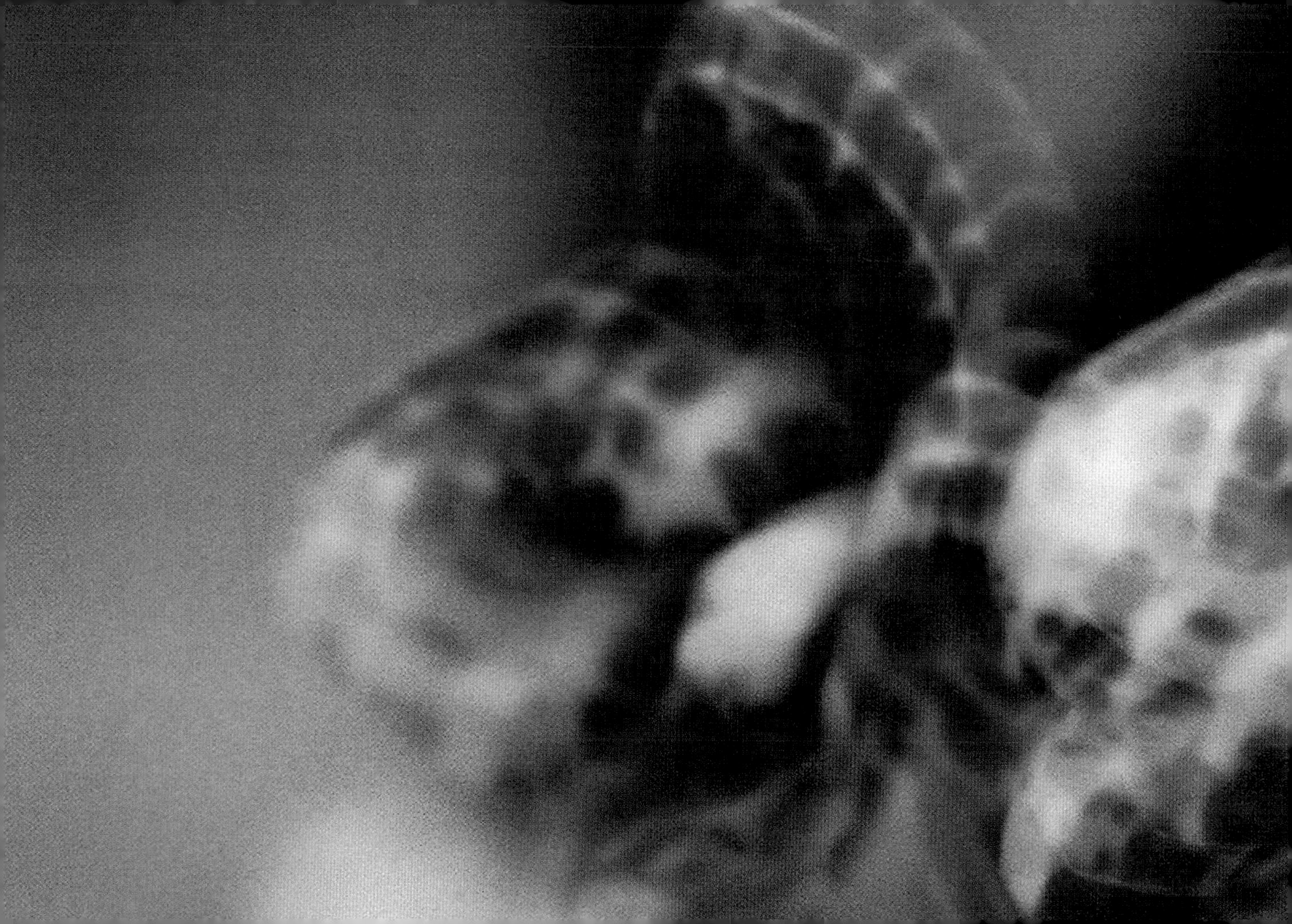

太陽

深沉暗鬱的穹蒼
失去了半點精神
你怪我
悄悄地帶走了
生命的太陽
讓你身子 被寒冬吞沒
及便能及時
找回溫暖的原色
帶回你的窩

我告訴了
歡迎你隨時
至我陽光處取暖
心是
長一個無限寬廣的空間
攘些 有愛的心房
一起作伴
讓垂掛的天
換一樣神氣去流浪

我從未帶走
你生命的太陽
它已為枯竭的窩
選上
暖暖的顏色

二〇〇四·〇二

夜夜星

思绪神采飛揚
瘋狂於指間
我的心跳躍上你的眉梢
结伴靈感之翼
忘情地舞動生命的脈膊

勿怪我多情的狂熱
在你的臉頰留溫
你的手
正觸摸著靈魂的
深度與孤獨

遠距離的
是你緊緊扣住
讓我留一片天色
塗上灰灰的藍
補上點閃亮的夜爍
畫一幅
永恆的夜星

二〇〇四・〇五

黑的寂寞

溫柔的晝白
往深處裡探頭
黑襯在遠方
不再顯的寂寞

遠方中亮的倒影
從深海處浮現
與月光
一同在浪潮裡擺動
生命的回朔

靜靜無痕的黑
一波盪著一波
輕柔地如 冬夜的詩歌
吟唱著月光仙子
詩樣的寂寞

溫柔的晝白
往深處裡探頭
黑
襯在遠方
不再顯的寂寞

二〇〇四．〇六

齒輪

旋轉
一個舞步
你引著我雙手
在半空
跳
數圈玲瓏的優姿

齒輪
在記憶軌道上
繞半圈
來世與你相遇的定點

我留下花辦
香味
與 側邊身影
讓你尋記憶齒輪
走一回
憂愁的暇思

此生
我又從天高處至半空
墜入
當 凡間精靈
好與你在今世
舞
數圈玲瓏的優姿

二〇〇四・〇七

君影草

鈴蘭的眼
綻放千朵的白皙
如妳肌膚上的水晶
閃亮動人

千朵的白皙是
喚作它的名
我是君影草的眼
晶瑩
惕透

白皙的臉龐隱隱的羞
是妳嘴上
淺淺的微笑
如一抹紅暈
趁夕陽
畫上妳的雙唇
婆娑起舞

那鈴蘭的眼
在清晨的微曦
綻放千抹的紅暈

我是君影草的眼
晶瑩
愓透

二〇〇四·〇八

秋牧人

我是穿越秋天的詩
在支桿搖曳間
長出的一朵紅蓮

偶而眼神飄過的
幕幕清香
因你的呼吸
结合了秋後羽化的人間

深處飄起不知名一首
我是穿越秋天的人
任支桿拾起
眼中的笑
灌溉
一秋深紅的美

你是輕拂過秋天的風兒
在髮間遊戲
挽起的一野睡蓮

二〇〇四・十

悸動

成群的水白合
開在陽台上
是春的姿態

我聆聽你
從未憶起的片段
像朵小草
獨自在園中
成長茁壯

又如你稚氣的笑
與天的瞳孔
在你臉上
捕捉手邊的奇蹟

我與你曾相遇
在上世紀的百合園
邂逅初春的嬌羞

二〇〇四・十一

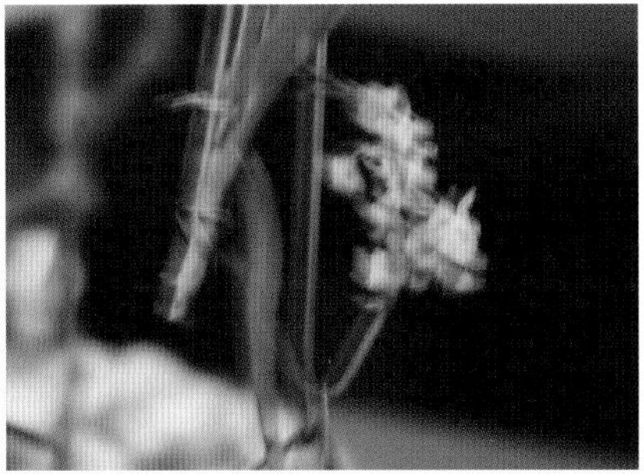

滿天星

為何你在深處躲藏
字句任由音符飛翔
肆意
化作滿天星
夜裡照入
你深沉的哀戚

我一次又一次
點亮夜空

此回你在光亮處
尋覓
星空垂下的淚珠
是將眼裏全部的溫柔
投進世界的湖心
盪漾

來生下一回
星星又掉淚
等候來時
我愛你
眼裡的星辰
閃爍

二〇〇四・十一

念

那扇鑲著風景的窗
聞不到你的存在
觸不著你的體溫
我慌張失措
趕尋你留下的足跡
放進那
揪成一團的思念

於是扶案疾書
以筆尖最快的速度
將你添進
這孤寂的窩

它看起來會像樣些
便嗅不到悲傷

二〇〇四・十二

閃亮的星河

思緒滑入莫名的夜色
讓遥寄的念
一吹便不見

縷縷成絲掛在當空中
一晃一晃的邊
如
一片暗暗又亮亮的星兒
整把成串地
跌進雲河裡

那夜色倒掛在半空
心緒又偏偏
一會斜看那
成串的星河
劃過
便是那念
一吹便不見

二〇〇五・〇四

平凡人家

我們都是普通
平凡的人家
在胸前戴上玫瑰別幟
穿上花衣裳

赤足走完那段迷人但危險的路段
訴說
曾採頡最甜美的甜美
芬芳的芬芳
而那果實碩大飽滿
如岸上的耕種
綻開一樣燦爛的笑
今生往後的種種
日子裡難忘

這一切
總是掛念
那髮間的輕柔
和
漾在眼底的藍天

二〇〇五・〇七

與夢奔跑

在世界的盡頭行走
從不迷失方向
因有你作引航
去的地方

在追尋幸福的分秒
沿路風景在跑
跟著心情
跟著夢
奔跑

想像小島
已是世界的盡頭
心在走
你的影在望

往海的小屋堆沙
築一彎日月
白色屋牆鑲一片藍藍的天
海浪與滿室的馨香

有你一起
真好

二〇〇五・〇七

红沙

你的手畫過長空的彎線
刷一弧彎月
點亮夜空
幸福
從此便有了著落

在你靈感湧起的片刻
生命如一注洪流
洗淨
我憂傷的詩
憂傷的愁悵

肆意揮灑畫色的瞬間
匯成
一塊心靈流域
靈感起我憂傷的臉
憂傷的悲泣

幸福
又如一注生之洪流
洗滌我千千年文字裡
底岸的紅沙

二〇〇五・十二

生命的方位

是你的移動
改變了我生命的方位

向東向南　向西
找不著地球上
心所駐足的家園
無謂
寒峻冷空　或
豔麗如朝陽的絕色
太陽依舊掛在原地
月亮依舊晚起

我所飛行的方向
順你的跑道邊
繞一個弧度
回到原來的定點
喘息

你藝術的眼
緩和我執著的臉色
面對雙向的十字路
往天的遠
投擲一生漂泊的標記

我尋你的芳蹤
旋轉
另一回
生命的方位

二〇〇五・十一

海鷗與海鳥

你是駐立燈頂上的海鷗
倦戀草地上
一片白茫茫的野趣

你的停留
是為等待春的
花開花落

我是往返頂端的海鳥
倦戀你燈頂上的蹤影
陪伴
渡過寒夜冷冬的侵蝕
等候暖陽的溫旭

我與你遨翔於歐陸
倦戀平原上
遼闊的胸襟
貪圖此時
眺望四季的迷思

我的守候
是為圓滿今世的約定

我倆是往返北方的翅膀
倦戀高空 那雲端處的
自在 虛無

二〇〇六・〇一

離別

離別後的豪雨
紛落在冷濕無聲的陽台
前方
有海鷗聚集三兩
期待豔陽的燦爛
牠們嗡嗡地叫
像為我的離席悲傷

我也在唱
高聲地唱
讓你隨曲子
接我循去的方向

然而你已決定向自由揮手
說再見
便能和我一起應和

二〇〇六・〇二

月光仙子

窗前的明月
側寫你溫和的臉龐
添上一層
柔似水的眼
打量在滾燙沸騰的心

此刻
我是你向晚的溫柔

夜邊的光景
將天烘照的一閃一閃的亮
親近地如
月亮的愛人
沉默地照耀
它自身的光芒

那掛著月兒彎彎的邊
搖啊搖地晃盪
像是躲不見的羞澀
親上仙子暖暖的臂彎

二〇〇六・〇四

虛華之影

我
與我虛華的影
航行
為戀那繽紛時節
盛放的柔情

六月溫熱的呼吸
從風的眼裡
灑下湖心

一波波的影
與浪潮
總不及推進
你那一生
虛華的邊境

我
與我孤寂的心靈
结伴
想深夜裡尋遠方的境地
想寂靜裡走黯然的神傷

我
與我神秘的影
飄揚
為人間尋起共鳴的音域
與绝響

二〇〇六・〇九

月色

黑夜裡
飛出綣繞的水聲
循著擺動
襯不見底的月

望眼而去那年華流水涓涓
倘若是
岸邊的樹與青果
都在夜的臉兒
薄上一層灰

黑夜裡
飛出綣繞的風聲
趁著
微微的光
尋不見底的月
和著灰與深沉

倘若是那
河傍的影
倘若是那
記憶的手

二〇〇六・十二

水蓮花

我是
翩翩一葉水蓮花
無名地沉睡在湖心
盛放於
悠柔的影姿
輕舞

偶而羞見
便喚作浮萍的名
一片
湛藍的天托著碧綠
襯在寧靜的秋
你的眼底

秋宿裡
依然浮萍　影姿　輕舞著靜

秋樹裡
迎風搖曳著
仍是那夜影婆娑的
名字

二〇〇七・〇一

夢衣裳

綿綿的夜裡
守住一片夢衣裳
想
天的藍
月的深
樹影重重處
搖進夜裡織成綢緞
覆蓋在那寂寞的臂彎

今生
我依然
尋秘密的琉光
在某個深沈的心情裡
迴盪
在某個熟悉的味覺中
尋
藍的時光

二〇〇七.〇一

悲傷的從容

假若不是悲傷的從容
假若不是詩詞的輕快
我不及
如風蕭蕭的羽翼
太匆匆

優雅的空虛
輕拂過青春的臉
又笑我
如執著的傻子

假若這是
風的心情

假若這是
影的輕舞

這寂寞的寂寞
也輕快
或著细緻的悲傷
太從容

二〇〇七・〇六

白蓮

如果你是風
我便隨思想的空氣
自在飄遊
看四季綻放的精彩
凋零的無常

如果是雲的臉兒
那綿綿的笑
溢出芬芳的滋味
隨意任性地
化作
迷幻夢境裡的
一朵白蓮

如果是
自在的心蕊
無盡的胸懷
卻總是迷戀太陽躲藏時
遠方
淡淡的秋色

二〇〇七・〇七

If there are
the hearts of wind
If there are
the dances of shadow

This delicate sorrow
walks in a graceful love

If there is no rush
of sadness
If there is no lightness
of poetry

" lonesome loneliness "

風的眼神

Wind's eye

新人間 376

作者　湯智秀
視覺設計　劉濬安
攝影作品　湯智秀
編輯協力　謝翠鈺
企劃　鄭家謙

董事長　趙政岷
出版者　時報文化出版企業股份有限公司
108019台北市和平西路三段240號七樓
發行專線｜02-2306-6842
讀者服務專線｜0800-231-705｜02-2304-7103
讀者服務傳真｜02-2304-6858
郵撥｜1934-4724 時報文化出版公司
信箱｜10899 台北華江橋郵局第九九信箱
時報悅讀網　www.readingtimes.com.tw
電子郵件信箱　ctliving@readingtimes.com.tw
法律顧問　理律法律事務所｜陳長文律師、李念祖律師
印刷　勁達印刷有限公司
初版　2023年1月6日
定價　新台幣380元

風的眼神/湯智秀作. -- 一版. -- 臺北市 : 時報文化出版企業股份有限公司, 2023.01
面 ; 公分. -- (新人間 ; 376)
ISBN 978-626-353-358-5 (平裝)

863.51　　111021429

ISBN 978-626-353-358-5
Printed in Taiwan

時報文化出版公司成立於一九七五年，並於一九九九年股票上櫃公開發行，於二〇〇八年脫離中時集團非屬旺中，以「尊重智慧與創意的文化事業」為信念。